U0828998

玻璃钻石

惊鸿 著

时代出版传媒股份有限公司
北京时代华文书局

图书在版编目（CIP）数据

玻璃钻石 / 惊鸿著. -- 北京 : 北京时代华文书局, 2014.4
ISBN 978-7-80769-503-5

Ⅰ. ①玻… Ⅱ. ①惊… Ⅲ. ①诗集-中国-当代
Ⅳ. ①I227

中国版本图书馆 CIP 数据核字（2014）第 044643 号

玻璃钻石

惊鸿 / 著

出 版 人 田海明 周殿富

责任编辑 宋春 马龙 **责任校对** 许日春 **装帧设计** 范学宜 亚丽

出 版 时代出版传媒股份有限公司 http://www.press-mart.com
北京时代华文书局 http://www.bjsdsj.com.cn
北京市东城区安定门外大街 136 号皇城国际大厦 A 座 8 楼 邮编：100011

发 行 北京时代华文书局图书发行部 （010）64267120 64267397
印 制 北京中印联印务有限公司 （010）87331056

规 格 635mm×955mm 1/16
印 张 8
字 数 70 千字
版 次 2014 年 5 月第 1 版 2014 年 5 月第 1 次印刷
书 号 ISBN 978-7-80769-503-5
定 价 28.00 元

※ 如发现因印装质量影响阅读，请与印刷厂联系调换 ※ 版权所有 侵权必究

在暴力的春天带着愤怒祈祷

西 渡

惊鸿的这些诗最让我惊异的是她对暴力的观察和控诉。暴力如影随形地伴随着人类的全部历史。随着暴力技术的升级,暴力的危害、暴力制度化的程度及其规模也在20世纪达到了它的极值。令人悲伤的是,人类并没有从20世纪的暴力危害中吸取足够的教训,对暴力的信仰依然是不同国家、不同种族和不同文明的人们之间最大的公约数。新世纪的恐怖主义继承了20世纪的暴力遗产,它刚刚在昆明火车站制造了新的血案,而眼前发生的马航客机失联事件,也影影绰绰地闪过恐怖主义可疑的身影。我们至今仍然生活在暴力的直接威胁下,这是一个可悲的、令人难以置信的事实,但也是我们必须面对的最大的现实。这还仅仅是指那些可见的有形的暴力,隐蔽的无形的暴力更是借助技术的手段扩散到了无所不在、无孔不入的地步。这样一种暴力几乎摧毁了或者毒化了地球上大部分居民的日常生活。惊鸿在她的诗中精敏地观察到了暴力在生活中的广泛存在及其后果,并以一个女性所有的愤怒对此给予了严厉的控诉。当我们读完整本诗集,将会发现,它始于"流血"两字实在并非偶然。

也许出于女性的视角,惊鸿对生活中暴力的观察始于长期以来掩蔽在温情面纱之下的两性关系。诗集首篇《受伤的鱼》就以揭示女性在两性关系中受到的暴力伤害为主题。诗中以鱼为喻,表现了一种至今仍具普遍性的女性命运。其中的若干描写近乎血腥:"被在水泥地面摔打/它在扭动挣扎/被放在木砧板上/以雪亮的刀片拍碎鱼头／血流了出来”，“而后是又一次刀锋的逼近／它银光闪闪的鳞片美丽／如落花，在刀锋迅急冷酷的刮削／亲吻与抚摩中纷纷坠落”，“刀锋切开鱼腹／鱼鳔与鱼肠被摘出”。当然，由于采用隐喻的方式，暴力的血腥程度在诗中被降低了。但诗人显然不希望读者对诗中的这些暴力描写作宽泛的理解，所以还是通过不断重复“一条哭泣的鱼／在床上翻滚”这一复沓成分对诗的主题给予了提示。不但如此，诗人在篇末还以渔夫和鱼的关系强化了这一提示：“当一支搜索窥探的桨／向她伸出／碧蓝的海底便已不是她的家／自由之地蓦然变成了无尽的陷阱”，“甜蜜的诱饵已撒满水面／吞下去 她会美丽动人但痛彻心扉”，“她丰腴的胴体已成为欲望之目的／她在幻想幸福降临 又导致了绝望的轻信／于是，在劫难逃”。这种既涉于鱼又及于女性的双重指向的描写，不仅是一种修辞的技巧，更是把鱼的遭遇和女人的命运置于同等的观察焦距之下，使其得到同等清晰的呈现。《戒指与浴巾》重现了这一被诱捕和伤害的女性命运：“是的 是命定的悲剧／即使你在它发着蓝光／的钻石般的眼睛中沉溺／它魔术般的诱捕／让你‘感觉很好’”，“当命定的悲剧来临／即使它很美即使它充满泪水／你只有纵身跳入朱砂色的鲜红的烈火／或沉溺于那蓝色的泛着烟霭的神秘湖泊”。但此诗中以抒情主体身份出现的女性，已不像“受伤的鱼”那样处于完全被动的地位——“不会流泪 不会闭眼／不会像鸟一样啼血呻吟”——而有了自己的主体意识和行动。如果说“购下了一个小小的图腾／但它是不能送人的”还属于一种被动性的防御，那么“我拒绝以自己干燥而虚弱的一生／作为放置于你记忆的橱窗内翩然而舞的蝴蝶／拒绝作为你心灵牧场的肥美纤弱的猎鹿／以自己梅花般的蹄印 装点你荒淫的青春之梦”则已包含了女性的自我觉醒，而体现在“我可以给与 也可以收回”的自主性更表明了她的自由意志。但即便如此，也难以改变女性“命定的悲剧”。

也许这正是女性命运不可思议的地方：你越是反抗命运，命运的诅咒反而更快地落到你的身上。值得注意的是，这首诗没有像《受伤的鱼》那样直接把渔夫和鱼的关系定性为一种对立关系。诗中的“你”无疑是指诱捕者，但这个诱捕者既可以是指男性，也可以是指欲望本身。事实上，就和欲望的关系而言，男人和女人的命运并无不同，趾高气昂的男性又何尝不是欲望的牺牲和猎物呢。这首诗所体现的这种意识的复杂性，也许是它更值得称道的地方。《醉酒的少女》《有一条白色小狗的少女》《死亡》继续上述诱捕与被诱捕的主题。《醉酒的少女》的第三人称叙述，让它得以更为冷峻的方式呈现了那个“命定的悲剧”的命定的结局：“当白马王子 轻松地吮吸过/她生命的汁液 那杏花春雨般纯洁的感觉/她唯有的 她最为珍视的一切/丢开她 像丢开一段品尝过的甘蔗”。而《有一条白色小狗的少女》则以平淡的口吻呈现了暴力及其伤害的日常性，其悲剧性只在篇末以隐喻的方式不经意地点出：“珍奇的檀木在南方/被钢铁的锯齿截断/散发着死亡的奇异熏香”。《死亡》的结局更为悲怆，诗人的愤怒眼看要喷薄而出：“那个无名的女孩 她已无声的死亡/你不用来故作悲伤/逼真地泪流千行”，“她死于攘攘的人群 死于她的同类/倒地时插满羽箭 微弱的躯体遍布伤痕”。惊鸿当然不是两性关系中的暴力成分的第一个发现者，也不是第一个对此给予控诉的诗人，但是她确实为这种控诉提供了经由她本人咀嚼的最新证据。只要类似的暴力在生活中依然存在，这样的控诉就一定会使我们怦然心动。

第二种暴力存在于个人与社会、国家的关系中。很多时候，国家、社会对个人的规训看起来是温情脉脉的，因那规训的力量往往隐身于父母师长的美好名号之下，但这不能改变其本质上的暴力性质。国家、社会存在的依据就是要把个性各异的、多样的个体规训为无名无姓、彼此毫无二致的驯顺工具——但它总是以个人利益的糖果对受训者循循善诱，借此自我粉饰，并降低其野蛮的观感。如果说在一般情形下，这种规训习惯于也善于隐藏其暴力倾向，那么当个体对规训的过程和结局表示出反抗的意向时，它也会毫不犹豫地撕下温情的伪装而赤裸裸地暴露出暴力的真面目。所以，规训总是联锁着惩罚。此集中的《中箭的感觉》敏锐地揭示了这种社会规训暴力而严酷的一面。因为“我”是一只“有自己的方向”和有着“它生命的旅程”的鸟，并把“群鸟的家”视为自己的“异地”，弓箭们便瞄准了“我”：“有人在轻控弓弦 发出泠然之声/冰冷的金属丝线　振动空气/他们的耳朵 是 如此痴迷/这种金声玉振的音响//有人在轻控弓弦 对准天空/以阳光的名义 以道德的名义/进行屠戮 无血的屠戮”。请注意这里的轻快语调当中的反讽意味。“轻控弓弦”“泠然之声”“金声玉振”，在这些美好的言辞之下是暴力的熟练技巧和无情铁面。作者在这里展示了她对语言的控制技巧和驾驭主题的能力。这里引用的片段在我看来称得上是诗集中艺术上表现最出色的段落之一。对个体施加的这种惩罚措施完全剥夺了个体的尊严，或者说它以剥夺尊严为手段，以达到驯服个体的目的：“我的尊严如一块破布/躺倒在你的车轮之下/缓缓的静静的在大地上/展开它薄如纸片的身躯”（《我的尊严如一块破布》）。那么，规训的成就不过是“暴力的展演”：“当催生的风 变成收割的镰刀时/果实的头颅/如被砍首的死囚/累累地堆积在地面”（《暴力展演》）。事实上，在万花开放的春天，暴力也没有收敛它武装的牙齿：“暴力的春天 便降临 人世了”（《暴力的春天》）。

还有一种暴力是语言的暴力。就诗歌中的表现而言，语言的暴力可以说是惊鸿的一个发现。自从海德格尔说出“语言是存在的家”，语言便成了诗人们寄予最多温情的对象，恨不得把诗歌赖以建立存在之基础的全部家当都委托给嘈杂的语言寄存处。但惊鸿告诉我们，语言也可以是一种暴力。事实上，在语言发挥作用的两端，在“说”和“听”之间，隐藏着一种根深蒂固的权力关系，这种权力关系在日常生活中往往通过“台上”和“台下”的形式予以强化。某种程度上，在实现暴力的目的上，“说”比直接的暴力更有效，笔比剑更强大。所以，巴尔扎克有言：“彼以剑创其始者，吾将以笔竟其终”。而国家的代理人也从未放弃过笔的事业。国家、社会对个人的规训也正是借助语言来进行的：“他说……/以宣谕真理的口吻/背靠着黑暗 背靠着广大的黑板/一个××主义的辩护士/目光炯炯 得意洋洋/……重复着，已破损不堪的国家机器的轰鸣”（《他说》）。惊鸿在此准确地指出，“说”从来不是说话人单枪匹马的独角戏，它始终依附于权力，“背靠着黑暗 背靠着广大的黑板”，并小心附和着国家机器暴力的节奏。“说”也可以采用一种惊艳的方式：“她说，翕动着涂满口红的鲜红的嘴唇/她说，眨动着模拟白种人的蓝色眼影/她说，以《上海宝贝》中都市娼妓的性感”（《她说》）。《他说》中抱残守缺的土著做派，在《她说》中转换为激流勇进的舶来话语，但尽管姿态不一，对权力的依附却没有二致。语言的暴力有时堪比弹雨：“语言的瀑流倾泻于耳/一只只半透明的、冻玉般的耳朵/一个老朽 背靠着黑暗/干黄的面色 与凝滞的心/智慧的眼镜 与冰凉的手指//在语言的瀑流中倾泻污血/近百年来的沉滞的污血和血块/从他的口中纷纷跌落/倾注于我童贞的耳朵/别无选择 我/只有洗耳恭听 默默忍受”（《语言施暴》）。在这里，“说”（无论它借助的是“他”或“她”的嘴）自觉地代表权力和真理，对“听”进行暴力的规训，麻木、僵死、无知无觉的人成为这座规训工厂的标准产品，最终把“听”驯化为“说”的同义反复，“受虐者”转化为“施虐者”：“话语是鞭子/抽打着它麻木的身躯/神经僵死 感觉不到疼痛/无知无觉地 却秉承了/抽打者的凌厉与粗暴//瞬息间，受虐者变为施虐者”（《施虐》）。经由这种方式，“听”被置于自己的命运之外，并被剥夺、取消了未来，变成了一条条空心的管子：“他在宣谕真理/而我们是暴露在墙外的 看/那一条条曲折的肮脏的银白色管子/空心的 畅通无阻/那是我们的未来”（《语言施暴》）。语言的暴力借此完成了自我循环，成为《罗兰之歌》中杀不死的怪物奥里罗。暴力历史奇怪的同义反复就建立于语言的这一自我循环机制中。

暴力具有传染性。在一个暴力无所不在的世界上，人人都有被传染、被毒化的可能：“我脆弱透明的皮肤已经被她的毒牙咬破/我的身体和血液 已经感染了/她淫荡无耻的身体垃圾/我已奄奄一息无力自拔/很快要变成 她飞扬跋扈的同类”。于是，被传染的“我”发出了“我要杀人”的呐喊：“我是疯子 我要杀人/我是疯子 我要杀人/我是绞刑架下那个疯子 那个天真的疯子/我要杀人 杀那个猫脸的白衣女人”（《我是疯子 我要杀人》）。其实，暴力的这种传染性正是暴力不死的秘密。暴力的诸多特征中最诡异的一面也许在于，除了自我复制，它还兼长把暴力的复仇转化为暴力的生殖，借此完成它的另类自我循环。然而，在这危急的时刻，在惊鸿的诗中升起了另一种语言：

泉水 我梦中的泉水
那个弥漫着淡淡白雾的梦中的森林
那奔跑在春的森林中的少女们
赤裸着洁白的身体的纯真少女们
快来救我！为什么还不来救我？你们！
一个无辜的中了箭毒的垂死的同类
快，为我取来泉水
快，为我取来泉水

这是一种祈祷的语言。大约百年前，吉皮乌斯就富于洞见地指出，诗歌是一种祈祷。我相信，这是迄今为止关于诗歌性质的最好的说明。在通常情形下，“说”是主动的，“听”是被动的。在这种关系中，“说”的滔滔瀑流完全无视“听”的存在，顶多把后者视为被动的受纳容器，其目的则是把“听”转化为自身的同义反复。但祈祷是另一种完全不同的“说”，它颠覆了“说”和“听”之间固有的权力关系，它提升了“听”的地位，把“听”变成了“说”的出发点和目的所在。诗就是萌芽于此。在我看来，惊鸿在这里不经意间已然实现了诗的本质。惊鸿的祈祷的特殊之处在于，它是一种带着愤怒的祈祷，或者说是一种危机时刻的祷告，它把拯救的迫切性醒目地凸显出来：“快，为我取来泉水/快，为我取来泉水”。这两行诗的超乎寻常的速度，体现的不仅是诗人对语言的敏感，更是她对人的处境的敏感。在一个暴力的世界上，我们怎样生活？诗人的回答响应了斯蒂文斯关于诗的著名定义：它是一种内在的暴力，为我们防御外在暴力。这个公式在同义反复式的以暴抗暴和屈从暴力之外，为我们提供了第三种对待暴力的方式：内在的暴力。怎么理解斯蒂文斯所谓内在的暴力？在我看来，内在暴力应该是一种内心的秩序，一种对某物即使失败仍有意义的确信，一种即使被拒绝仍然坚持爱和给予的意志。或者如惊鸿诗中所说，它是一种具有治愈之功的“泉水”，既使我们免于受到暴力的传染，又使我们免于对暴力的屈从。它还应该像惊鸿用以给这本诗集题名的“玻璃钻石”一样，既晶莹剔透，又坚不可摧。这样一种内在的秩序，在暴力的世界上为我们提供了一块可能的立足之地。

当我们把祈祷看作诗的本质，我们将面临三个问题：谁需要这些祈祷？诗人向谁祈祷？祈祷的意义何在？吉皮乌斯一方面极富洞察地把诗定义为祈祷，另一方面却又悲观地认为，在现代语境中，诗是最无目的，最不被人需要的东西。为什么祈祷既是“人的天性之自然的必要的需求”，“我们每一个人都极其需要、理解和珍视的”，作为祈祷形式之一的诗，却又不被任何人需要？吉皮乌斯认为，这是因为现代流行的孤独意识把一个人和另一个人分开，使他特殊化，逼迫他紧闭起自己的灵魂。孤独确乎是一种现代病，但吉皮乌斯不免把这种孤独的情形绝对化了。事实上，孤独也可以是走向他人和世界的开始。正如当代诗人骆一禾在赞扬但丁的场合所说的，“但丁使孤独达到了万般俱在”。这是孤独的超越自身的境界。回到我们的问题，谁需要这些祈祷？第一需要的当然是诗人自己。如果一首诗连写下它的诗人都不需要，那么，它当然也不会被任何人需要。但事实上，仍然还有很多诗人在孜孜不倦地制造那种连自己也不需要的文字垃圾，还给这种写作贴上“现实主义”“底层写作”“人民性”种种占据伦理制高点的标签。正如惊鸿的这些诗所表明的，诗首先总是诗人为自己的祈祷——它们是诗人在一个暴力的世界上自我拯救的努力，一种净化的“泉水”。它们确也起到了这样的作用。其次，诗也为更多的具有类似处境的读者祈祷，并为他们所需要。我不能确指这样的读者在哪里——也许俗话说得对，读者总是在最出人意料的地方——但我相信，这样的读者一定在某个地方，而且等待着这些诗，这些带着愤怒的祈祷。

第二个问题，诗人向谁祈祷？对于古典诗人，这似乎不成为一个问题。对于某些当今的宗教诗人，这也不会成为问题。因为，祈祷总是向着某个诗人所信仰的神明。但对于汉语诗人，尤其是当代汉语诗人，这却成了一个最大的问题。我们似乎已经失去了任何共同的或私人的信仰。不管如何，我们总不能向财神或银行祈祷吧。不过，这也许是表面的现象。只要诗人还在写作，至少我们还拥有对语言的信仰。诗人用语言祈祷；从心理的观点看，诗人也是向语言祈祷。那么，语言是一个未来的神明吗？我个人的看法，对中国诗人来说，语言一直是神明。中国士人的心灵世界，实际上是由诗的语言之光点亮的。换句话说，诗一直是中国士人的信仰。想想，如果我们在中国文化中拿掉诗，会是一种什么景象？天不生仲尼，万古长如夜。其实，如果中国文化中没有诗，那才真是万古长如夜。幸运地，诗人们还没有完全失去这种对语言的信仰。当然，诗人所信托的这种语言完全不同于那种规训的“他说/她说”的语言。实际上，诗人的祈祷就是要从那种“他说/她说”的语言中拯救语言。或者如诗人们爱说的，创造一种语言。诗人通过拯救语言来拯救人性，也就是在我们的内心建立起“一种内在的暴力”。某种程度上，一种祈祷的语言就是一种形成中的信仰，或者说，一个形成中的上帝正是由祈祷的语言孕育而来。如果这种祈祷的语言为更多的人所拥有，甚至为一个民族所拥有，那么一个新神的诞生也不是不可能的事。

祈祷的意义何在？事实上，我在上文中已经回答了这个问题。在此，我只想顺便指出，惊鸿的这些诗恰好为祈祷的意义提供了富有成效的最新范例：即使在没有读者的情形下，作为祈祷的语言，这些诗仍然为诗人提供了一种庇护。随着这本诗集的问世，这些诗就要振动它们透明的翅膀，去寻找自己的读者。我相信它们会找到自己的读者，我也相信它们有能力为这些幸运的读者提供同样的庇护。在这个充斥着暴力的世界上，这样的庇护是必要的，也是宝贵的，而且是被迫切需要的。

2014年3月10日–3月13日

序　二

如果无法前行，就选择好站立的姿态。这样至少在时光和生命面前，灵魂和思想可以凭一种优雅的仪表，坚定着自身的价值。十多年后的今天，再一次读到惊鸿的诗作，我深深地感受到人不仅仅要活着，还要活得有尊严，有立场，这尊严是耐性，这立场是坚持。

1998年夏天，也是我来北京闯荡的第二年，那是在一家广告公司，我认识了惊鸿，我已在那里工作一个月了。她第一天来，她只在那里待了一天，那一天她认识了我。很巧我们都住在北大，我们同坐一路车回去，在同一站下车，我下车请她吃了顿饺子，因为我没见她中午吃东西，尽管我兜里也就不到一百块钱，那也是我全部的积蓄了。她告诉我她从北大古典文献专业毕业，分配到新华社河南分社，她说她还想要回到北大，她要考这里的研究生，家是河南农村的，父母没有钱再给她读书了，她想在北京边找份工作，复习，待考。以我的判断，她要找份临时工作真的很难，她几乎不会跟人打交道，一个女孩，长相也不出众，没有像样的衣服，总之跟环境的反差极大，但我喜欢跟她待在一起，我喜欢她犀利眼神里的那份纯真，我欣赏她轻言细语下的严密逻辑和思维。她时时的不安却总能给我某种保证。她的手上什么都没有，却总是捧着本书。

后来，我在北大西门找到了一间平房，一个大杂院，也不知道住了多少人，天南地北的，哪儿的口音都有，屋里就两块板，放上被子就是床，连个桌子都没有。白天我上班，惊鸿读书，晚上下班，我给她做饭，饭很简单，清水煮挂面，吃完了，就去北大未名湖边坐着，开始我们最美的时光。我写诗给她念，她告诉我哪句好，哪句需要改一个字。我们有的时候也会讨论电影，古典音乐，绘画，说得最多的是各自的童年和故乡。那时未名湖边有很多灌木和杂草，晚上到处都能看见萤火虫，后来我写过一首诗："清贫有什么不好，还有萤火虫。"那时我们都二十多岁，困的实在不行了，才回去睡觉，屋里蚊子太多。当我发工资的时候，惊鸿就带我去当时的万圣书园买书。

秋天，她搬到了清华大学，那一年她以第一名的成绩考上了清华大学现当代文学研究生。1999 年，我搬到了大河庄一个有暖气快被拆迁的平房，夏天，惊鸿来看过我两次，我只记得那年，雨很大，蝉叫得很响。她进到我的房间还是坐在一个小角落里，安静地看着书，等我做饭给她吃。2000 年秋天，穿过万泉河附近的稻田，我去清华大学找惊鸿，她拿出了她的诗作，我第一次读到了《受伤的鱼》《我的尊严如一块破布》《留学！留学！》《苏州桥之春》等诗作。

她的语言没有杂质，节奏流畅，尽管犀利得让人无处躲藏，还是给你无限的空间前行，感性与理性交织在一起。她的诗有时像海浪，一浪一浪拍向岸边，有时像一把匕首，将血肉劈开，直击要害。内心的情绪，支撑着巨大的生命能量在艰难里冷静地前行。诗是无限宽广和自由的，这使我们可以不借用任何外界条件直接去表达，在那样的时空里，这个来自中原农村乡野的孩子，在北大清华的路上，以诗的方式留下了她的生之味，我喜欢她曾对我说的一句话"要真理，不要面子"。

2002 年，我出版了我的第一本诗集《童年河》，那是在众多朋友的资助下才得以完成的，之后惊鸿也曾跟我商量，出一本自己的诗集，当时我们没有条件。2005 年的冬天，我在北京有了自己的房子，把父母从黑龙江老家接来，除夕前的一天，惊鸿抱她刚出生不久的女儿和她的丈夫来看我。当我送他们一家三口出门的时候，我从认识她就为她悬着的心终于落下了。生活好一些，我们的梦也就有希望一些。

2008年，北京奥运会，这一年，我既没有听见蝉声，也没有听见雨声，这一年，我深爱的母亲突然去世了。没见惊鸿，我也不愿再去北大或清华，我会迷路。我和惊鸿在北大西门住过的平房，变成了停车场，我熟悉的路都消失了，到处是楼，天空不是原来的颜色。后来我知道，惊鸿的父亲也是在这一年，去世了，因为车祸。2012年，夏天，我捧着我的新诗，去征求她的意见，她只是把需要改的字用铅笔圈出，依然很轻地对我说："你写得很好，能坚持下来就不易"。我们坐在光大花园的椅子上，微风轻轻吹过，亦如在很多年前在未名湖边一样。

今年惊鸿成了北京大学现当代文学博士后，又住进了北大，她一直希望她的诗能结集出版，以了她多年的愿望，她走了一圈又回到这里，内心的坚守成就了她最初的理想。为了给她的新诗集写序，我又来到北大，走进承泽园她的宿舍，屋里除了床就是书，她的世界始终这样洁净，这洁净最终将成就她的才学。近黄昏的时候，我们漫步在未名湖边，湖水是那么清瘦，两边没了那些灌木，秋天却是绚丽的，晚饭时间惊鸿在学校食堂请我吃了顿饺子。

在她的诗集《玻璃钻石》出版之际，仅以我拙笨的文字向她祝贺，同时也纪念我们共同走过的那段艰难而本分的时光。

缓缓的
我躺在河流之上
凝视着
一个草筐顺水漂流

一个赤身的婴孩
在稚气地摆弄
它的白色手掌。

我们都有孩子一样的心，岁月不老，我们也无需长大。缓缓的河流会带我们漂向哪儿？我们安静地等上天的回答。

范学宜　于北京四季码头

2013年10月28日

目　录

·什么能从我身上脱落·

·青草的火焰·

·沧　海·

受伤的鱼

受伤的鱼

流血的鱼
睁着白白的眼睛

哭泣的鱼
在床上翻滚

我目睹了一次屠杀
一次不动声色的屠杀

是你把它杀死的
不是我杀死的

相濡以沫
不如相忘于江湖

北冥有鱼
我是北冥的鱼

被一只手从温暖的盆水中拎出
扔在肮脏冰冷的地面
丰腴的身躯在扭动
划出一个个飞逝的弧线
优雅而绝望

被在水泥地面摔打
它在扭动挣扎
被放在木砧板上
以雪亮的刀片拍碎鱼头
血流了出来

我第一次见了鱼的血
它依然睁着白白的
空洞的眼睛
哲学家一样看着这个世界

而后是又一次刀锋的逼近
它银光闪闪的鳞片美丽
如落花，在刀锋迅急冷酷的刮削
亲吻与抚摩中纷纷坠落

瞬息间它变成一条
赤裸的鱼
一条没有衣服的鱼

但没有血从它胴体的表面渗出
它的血已洇没了大半的头部

而它依然在地上翻滚
以一种绝对优美的姿势
进行痛苦的演绎
依旧睁着白白的无望的眼睛

干干的没有一滴泪水

因为它是鱼
一条无声的鱼
不会流泪　不会闭眼
不会像鸟一样啼血呻吟
或振翅飞翔
它只会在水中无声的游去
寂静的水中是它的天堂

但它现在　在无水的地板上
跳跃
甚至在塑料袋中
依然可以听见
它尾鳍摆动的声音
应和着一个年轻的男子
在楼群间的走动
他的皮鞋犹疑的在地面
擦出落叶般的声响

一条哭泣的鱼
在床上翻滚

她已彻底丧失了对人的信任
当她在碧蓝的海底自由
的嬉戏，水草的缠绵
曾让她颤栗不已

当一只木船的阴影漂过
她的头顶
当一只搜索窥探的桨
向她伸出
碧蓝的海底便已不是她的家
自由之地蓦然变成了无尽的陷阱
一个巨大的捕鱼人的屠场

而今，她赤裸的在床上翻滚
她已随想象的王子浮出海面
甜蜜的诱饵已撒满水面
吞下去　她会美丽动人　但痛彻心扉

她迟疑着　止步不前
却沉溺于幸福的幻觉
听任想象之桨　将之引向厄运

当然，这不能归之于运气
她丰腴的胴体已成为欲望之目的
她在幻想幸福降临　又导致了绝望的轻信
于是，在劫难逃

但她在哭泣
但她在哭泣
刀锋切开鱼腹
鱼鳔与鱼肠被摘出

但她在哭泣

但她在哭泣

而今，她赤裸的在床上翻滚

一条哭泣的鱼

在床上翻滚

戒指与浴巾

指环在夜色中闪亮
银质的指环在无边的黑暗中闪亮
浴巾轻抚着　柔软的肉体
粉红的浴巾　叠印着金黄的肉体

老虎　威严的老虎
呲着白牙　在某个隐秘的部位
窥视着我
我从它身旁擦肩而过

购下了一个小小的图腾
但它是不能送人的

朱砂般鲜红的火焰
在风中跳动
它们是不相容的
神秘的白色的老虎
一旦跳过这朱砂色的火焰
命定的悲剧便已成形

是的　是命定的悲剧
即使你在它发着蓝光
的钻石般的眼睛中沉溺
它魔术般的诱捕

让你“感觉很好”

情欲是什么
情欲之火起于内心
眼睛是喷火的窗口
火焰是醉人的

无形的火　蔓延于亭台楼榭的废园
没有人能够抵挡
温暖只是一种假象
冰冷是它的内核　像夜色
黑色的火焰　红色的火焰
血脉膨胀之后　内心的枯竭

躯体沉沉入睡
沉重的躯体如采摘的葡萄
在亭台楼阁的废园沉沉睡去
有什么在醒着
徒劳的小小的手　白色
如飞翔的鸽子
徒劳地　拍打着　岩石般冰冷的肢体

浴巾在喷射的水雾中
粘附于赤裸的肉体
肉体如被采摘的葡萄
没有记忆

当命定的悲剧来临
即使它很美　即使它充满泪水
你只有纵身跳入朱砂色的鲜红的烈火
或沉溺于那蓝色的泛着烟霭的神秘湖泊
宁静的湖泊

逃避是无益的　是无济于事的
就像你不能回避粉色浴巾坦露的记忆
就像它不能回避　白色老虎身影的临近
但什么是记忆　什么是记忆
是骨壳中灰色胶体的一束电波
是脊椎缝隙的一次牵动
是嘴唇上一次细微而潮湿的疼痛?

还是张开的双臂　之过去和未来的交叠?
你虚伪的唇边善变的讥讽与冷酷的混合
你猎捕之程的最后一次诱人的标本?

我拒绝以自己干燥而虚弱的一生
作为放置于你记忆的橱窗内翩然而舞的蝴蝶
拒绝作为你心灵牧场的肥美纤弱的猎鹿
以自己梅花般的蹄印 装点你荒淫的青春之梦

我可以给予　也可以收回
像一团来自天国的闪电
一团带着上帝的震怒的火焰
焚毁你快乐的神经

你的一生　将是一片空白

如一台硬盘毁伤的电脑

陷入一片混乱　虚无

语言施暴

语言的瀑流倾泻于耳
一只只半透明的、冻玉般的耳朵
一个老朽　背靠着黑暗
干黄的面色　与凝滞的心
智慧的眼镜　与冰凉的手指

在语言的瀑流中倾泻污血
近百年来的沉滞的污血和血块
从他的口中纷纷跌落
倾注于我童贞的耳朵
别无选择　我
只有洗耳恭听　默默忍受

语言的瀑流倾泻
混合着僵尸的气息　和野豹的淫荡
资本主义的邪恶玫瑰插入木制的棺木
语言的瀑流漂浮着盛世的奢靡与轻浮
倾注入我童稚的眼睛
无可逃避　我
只有紧闭双目　默默忍受

无数只冻玉般的耳朵　灌满了污血
无数双黑白的眼球　雾上了阴云
我已浑身血污　我只有默默忍受

但我并非受虐狂

他在宣谕真理
而我们是暴露在墙外的　看
那一条条曲折的肮脏的银白色管子
空心的　畅通无阻
那是我们的未来

中箭的感觉

以道德的名义
进行屠戮　无血的屠戮

一只鸟在天空　孤独的飞翔
黄金般的双翅　翻动
层层乌云　如墨
大地渺远　如深渊
在迅疾的后退　以令人眩晕的速度

一个点　在坚韧的进行
它生命的旅程　在宇宙
时间和空间　绵延伸展的混沌
有它自己的方向
以自己小小的身体　在虚空
划过一道道美如闪电的弧形

它是沉默的
从未发出求偶之声
群鸟的家是它的异地

有人在轻控弓弦　发出冷然之声
冰冷的金属丝线　振动空气
他们的耳朵　是　如此痴迷
这种金声玉振的音响

有人在轻控弓弦　对准天空
以阳光的名义　以道德的名义
进行屠戮　无血的屠戮

箭是无形的　并没有人能看清它的形状
是不是有着　尖利的箭簇　和长长的尾羽
也没有人能够在荒芜而悲痛的地上
看见血痕　眼泪　伤害并未留下痕迹
那些 × × 主义的僵尸们　那些恋物狂们
雪亮如刀的目光　完全一无所视
在这里愚蠢的陷入　绝对的黑暗

但中箭的感觉　那疼痛如风
瞬息间传遍所有人的神经
那只鸟面色惨白　有目可睹
人群和鸟群欣喜的交换　卑贱的目光
这目光纵横交错　织成一张遍布宇宙的大网
无处不在

目送飞鸿　手挥五弦
在风雅与悠然的姿态之下
平静地　以道德的名义
向一只孤独飞翔的鸟
射出一只一只利箭
射杀它　这个异端
众声喧哗

这只鸟面色苍白
在飞翔中有万分之一秒的停滞
奇异的展开双翅　静止在空气中
向下眺望　那个模糊不清的花园
这是别人的花园　别人的后花园
色彩艳丽的群花　在淫荡或柔媚地
展现她们的面孔和身体
而鸟的飞翔　是没有疆界的

它是沉默的
它并未发出鹤唳般的长鸣
而只是微微放慢了速度　调整了方向
无声无息地　像一片漂浮的乌云
像一片神秘的黑光　断然消逝

蜗牛，雪中的蜗牛

蜗牛，
柔软的肉体
坚硬的壳，
它在壳中静静地隐居，
无比柔软的肉体
相互触摸
相互慰藉。

我就像蜗牛一样
柔软的肉体
易碎的壳
在一个小小的空间冥想
以为
污泥浊水是地狱
皑皑白雪是天国

施 虐

话语的施虐者
是那风中的陀螺
如美女般翩然
随每一阵风而折腰
却自以为永远高傲，永远清高

话语是鞭子
抽打着它麻木的身躯
神经僵死　感觉不到疼痛
无知无觉地　却秉承了
抽打者的凌厉与粗暴

瞬息间，受虐者变为施虐者。

（小记略）

乌　鸦

乌鸦在鸣叫　在低哑地鸣叫，
冷气浸过玻璃窗
夜行的列车已抵达它的终点

失眠的女子扭亮台灯
去吞食古怪生硬的单词
面色苍白　沉浸在她极乐的美国梦
美元在等待着她的抚摸
口红在诱惑着她的嘴唇
还有疯狂梦境
成为女性的约翰·列侬

一切都很完满
她对着白墙，面对着灯光
轻巧地　吃一口饼干　喝一口牛奶
再加一份刺激性欲的巧克力
怡然自得

窗外　是被背弃的大地
苍黄的晨光游荡在
枯萎　荒芜的土地
乌鸦在歌唱　低低地歌唱
大地正在冬眠　沉沉入睡

坚硬的斧头击石的声音
一下一下的　清晰有力的
从不知名的地方传来

他 说

他说，“农民是一个正在消失的阶层”

以宣谕真理的口吻
背靠着黑暗　背靠着广大的黑板
一个 ×× 主义的辩护士
目光炯炯　得意洋洋
嘴角脸颊爬满了刻薄的纹路
面对他众多的萎靡不振的听众

他说，“农民是一个正在消失的阶层”
重复着，已破损不堪的国家机器的轰鸣
工人最先进　农民最落后
工人最先进　农民最落后
那曾经交响乐般动听的节奏

或者　随着新世纪的舞曲　微微变调
知识最高贵　农民最愚昧
知识最高贵　农民最愚昧
连同金光四射的资本
那更是他永恒的情人
即使艾怨　嘲讽
但目光依旧痴情

他巨大的声音

反复在中国的教室回荡

在荒芜而丰饶的土地上
那多数的无声者
那些天生额头上被烙上耻辱烙印的“农民们”
依旧在耕作
依旧在收获
默默地以骨血喂养着谷粒
默默地任人牵走他们的牛羊
默默地听任狂风吹倒了他们的房屋
默默地感觉血肉的破碎与生长
他们永远在沉默

她　说

她说，“中国现当代文学充斥着农民意识”
她说，翕动着涂满口红的鲜红的嘴唇
她说，眨动着模拟白种人的蓝色眼影
她说，以《上海宝贝》中都市娼妓的性感
她说，以一个女摇滚歌手的从里到外的反叛

是的，这些都是时代的新宠，好词
更何况性感的肉弹携带着金钱的闪光
同时她会抚摸自己
遥想着“种马般的”白种男女
深陷入向往与模拟的自卑

当这个时代的女宠，另类的女士
放肆地晃动着她另类的皮肤
小心翼翼地包裹与坦露
她拜金的心
或者说，她在代表都市发言
她说，中国的农民应该去死
或从中国的土地上消失

而应让都市侵入田园
啊　都市　那不是地上的天堂
就是地狱

那样　作为都市的歌者的她
才会站在上帝之眼的中心
即使是反叛的歌者

缓缓的，我躺在你的河流之上

缓缓的，
我躺在你的河流之上
凝视着　一个草筐顺水漂流
一个赤身的婴孩
在稚气的摆弄
它的白色的　小小的手足
缓缓的
我躺在你的河流之上
注视着　暖绿与金黄的透明闪烁
阳光与河水　在交融汇合
紧缩而冰冷的　自闭的石头
开始舒展浸润　慢慢无声的绽放
缓缓的
我躺在你的河流之上
沉溺于　沉着而轻逸的　层层浪头
它们微弱而强劲　将我吞噬又吐出
起于不可测的深渊　你最初的根源
缓缓的
我躺在你的河流之上
你微微的呻吟　如流荡的风
在我们上空　低低的飞翔

Snake

A little snake comes,
In a lightless night;
He comes near me,
Slight as a wind.

When I touch to him ,
With my fingers slight;
He smiles to me,
As bright sunlight.

A little snake comes,
In a lightless night;
He comes near me,
As a wind slight.

When I watch him,
With my eyes direct;
He close up to me,
With his body tight.

A little snake comes,
In a night silent;
He comes near me,
As a wind fast.

When I set myself,

In a comfort bed;

He comes along with me,

As bent on my spirits.

小记：

《山海经·大荒西经》郭璞注："女娲，古神女而帝者，人面蛇身，一日中七十变。"据说女娲具有蛇的身躯，具有顽强的生命力和旺盛的生殖力，是永恒生命的象征；《圣经·创世纪》亦谓，亚当和夏娃为蛇引诱，而食智慧之果，遂离伊甸园而堕尘寰之苦辛。

有一条白色小狗的少女（风尘女郎）

一个女人　走进我傍晚的房间
一个女人　坐在我仿木的电脑桌前
她涂了唇膏的红唇　在喃喃地说着什么
落满征尘的长发　丝丝的
覆盖着　发黑的眼帘

丝丝的长发　微微拂动　在我的房间
渐渐挡住她　欹侧的　雪白的脸
她说她从桂林　三亚　一路走来
带着这条狗走了　许多许多年

一条小小的　北京　狮子狗
有着长长的　雪白的毛发
黑黑的吻和　黑黑的眼帘
它静静地伏在少女的脚下
但很快坠入奇怪的睡眠

一个女人　走进我傍晚的房间
一个女人　坐在我仿木的电脑桌前
她的涂了唇膏的红唇　在喃喃地说着什么
落满征尘的长发　丝丝的
覆盖着　她发黑的眼帘

她静静地平躺在　我的床上

露出修长的脚　和纤细的 脚踝
她丝丝的黑发　如水般散开
她纤细的脚踝　孤寂地散发着
檀木般的光彩

那只狗在吞食一根　被弃的骨头
那只狗在我的房间　遗下遍地狗屎
珍奇的檀木在南方
被钢铁的锯齿截断
散发着死亡的奇异熏香
遥远的　以不可抗拒的狂暴
在梦中　顺水漂来

醉酒的少女

醉酒的女孩　面如桃花
醉酒的女孩　面带泪水
她呆呆的僵直地坐着
背靠着空气　那空虚的椅背
当我用钥匙轻轻扭开 718 的房门

醉酒的女孩　面对电脑
醉酒的女孩　敲击键盘
她飞动的手指　如飞溅的马蹄
绿色的蚁群　爬上流动的黑暗

绿色的蚁群　在黑暗中蠕动
绿色的蚁群　涌动如潮水
如湿润的雨点　飞舞的精灵
怯怯地向无边的黑暗发出召唤
醉酒的女孩　面如桃花
醉酒的女孩　面带泪水
她孤寂地编织着　一张虚拟的网
如蜘蛛般的　认真　辛劳　与　沉醉

她沉醉于公主般的　幻想躯壳
一个平凡　刁钻的女孩
一个瘦弱　忧郁的女孩
丑小鸭般的女孩　能变成天鹅吗

沉溺在电脑的背后　迷失在网络的中心

当白马王子　走出网络的虚拟
当白马王子　走进她的心房
他们风度翩翩　面带优雅的笑容
贪婪的吮吸着　她的清新
她的青春　她的天真　她的稚嫩
她的梦境融入现实　她开始飞翔

当阴郁爬上她的脸庞
当想象的轻灵疯狂　与现实的沉滞拘执相冲撞
当白马王子　轻松地吮吸过
她生命的汁液　那杏花春雨般纯洁的感觉
她唯有的　她最为珍视的一切
丢开她　像丢开一段品尝过的甘蔗
迅速地返回那个堡垒　网络的堡垒
重新带上电脑　冰冷的面具
眨动起蛊惑人的绿色的眼睛

醉酒的女孩　面如桃花
醉酒的女孩　面带泪水
她面对着电脑　呆呆的僵直地坐着
在孤寂的编织着　一张虚拟的网
如蜘蛛般的　认真　辛劳　与沉醉

疯 狂

大雪降临　大雪从天而降
大雪降临　大雪从天而降

白日的原野　落满了令人惊惧的月光
那是雪　那是血
那是冻结的血　白色的血　雨的僵尸
从灰色的天空
轻盈的飘落　轻如鹅毛
千万只猝死的天鹅
瞬息间覆盖了悲痛的大地

蓝光在徘徊　疯癫的蓝光在原野徘徊
白色的血液　无声的流淌在玻璃窗外
是谁　是哪个无足的精灵
在那里　缓缓的旋转
一朵硕大的百合　痛楚地颤栗于
睡眠般　纯洁无瑕的空白

大雪在降落　大雪在无声的降落
大雪在降落　大雪在无声的降落

黑光在坠落　白色的黑光自天空坠落
那是她神秘的手指　散发着难以抗拒的魅惑
那是平和的死亡　蓝光蜕变的蝉壳

当你的身躯　完全沉溺于蓝光的节律
从容地游走于　那灵魂飞翔的疆域
你会在她宽容的手掌　获得最终的安息

死　亡

那个无名的女孩　她已无声的死亡
你不用来故作悲伤　逼真地泪流千行

她死于一个冬天　一个冷酷的冬天
死于千万条炽热的舌头　冰冷的舌尖
我还记得金秋　她灿烂的笑靥
如一树银杏轻轻坠落　万千金黄的叶片

那个无名的女孩　她已无声的死亡
你不用来故作悲伤　逼真地泪流千行
她死于冷风　一种莫名的冷风
她死于如千万条蛇般缠绵的空气
那冰冻的空气　沸腾如火的空气
不动声色地冻裂了她蓝色的血管
她看见阳光　那透明的金色阳光
却再也不能感觉　阳光浴身的温暖

那个无名的女孩　她已无声的死亡
你不用来故作悲伤　逼真地泪流千行

她死于攘攘的人群　死于她的同类
倒地时插满羽箭　微弱的躯体遍布伤痕
并无一人知晓　是冬还是春
并无一人看见　她倏然倒地的一瞬

那个无名的女孩　她已无声的死亡
你不用来故作悲伤　逼真地泪流千行

你可以去反复清洗　你白皙柔软的手指
用尽一江春水　那娼妓般的妖艳与柔情
你可以去重复表演　你标致标准的表情
用尽一层皮肤　那橡皮般的多变与弹性
你可以去多方散布　你矫情天真的嗓音
用尽一张口唇　那弹簧般的柔软与动听
但你无法改变　你无法改变
你的手上有血　你的眼中有箭
你的灵动如簧的舌头　瞬息间炽热又冰冷
嘘嘘颤动如毒蛇的信子
从你如花的红唇中
一次又一次　静静地伸出来

流　言

　我见到一个妖女
在三月的阳光下
　飘然飞过
宛如一段摇曳多姿的流言

猫脸的女人

一个女人
行走在我黄昏的房间
一个女人
注视着自己镜中猫样的脸
它柔媚而淫荡
狡诈而柔弱
在镜中浮动
如潮水漫过沙面。

当最后一片岛屿沉入水底

当最后一片岛屿
沉入水底
我无助的双足
陷入汪洋大水的虚空

我是疯子　我要杀人

我是疯子　我要杀人
我是疯子　我要杀人
我是绞刑架下那个疯子　那个天真的疯子
我要杀人　杀那个猫脸的白衣女人
她神情诡异的潜入我的房间
潜入我的家　我最后的一块安身之地
无声地翻动着一张面具
谄媚与狰狞　两张面牌

我是疯子　我要杀人
我是误入歧途的疯子
我要杀那个　引领我进入茫茫大水的女人
我浑身的神经凝定成一根细细的铁丝
悬挂在无辜的绞刑架下　要勒死
那个有着一张猫样脸的女人

受难的基督在哪里?
不是我　也不是她
我们是罪孽深重的人

我脆弱透明的皮肤已经被她的毒牙咬破
我的身体和血液　已经感染了
她淫荡无耻的身体垃圾
我已奄奄一息　无力自拔

很快要变成　她飞扬跋扈的同类

悲伤的泪水　覆盖了我的脸颊
如一个中了毒箭的野兽　临终的眼神

泉水　我梦中的泉水
那个弥漫着淡淡白雾的梦中的森林
那奔跑在春的森林中的少女们
赤裸着洁白的身体的纯真少女们
快来救我！为什么还不来救我？你们！
一个无辜的中了箭毒的垂死的同类

快，为我取来泉水
快，为我取来泉水

不，我不走（拟美女作家的入世自白）

不，我不走
我在降落　从虚空中降落
一只白羽　飞过澄蓝的天空
在接近　苍黄粗砺的大地
微微眩晕中　天使浸湿了它的羽翼
我轻如羽翼的身体
轻轻撞开酒吧的门
啊，这都市的地狱之门
在蒸腾着肉欲的气息　令人迷醉
对着众人　神情恍惚
神情恍惚　张开大腿

是的，我不走
是的，我不走
我要戴上　金了的镣铐
我要享尽　丹蔻之美艳
我要绽开　那唯一的玫瑰
殷红如血的　隐匿的玫瑰
让所有的羽箭
疾如闪电的　一丛羽箭
自由地穿透　它内心的虚空

透过公共汽车的车窗

公共汽车　在荒漠中穿行
公共汽车　在城市荒漠中穿行
这摇摇欲坠的钢铁方舟
原木的方舟　它最初的弟兄
在海水的腹部　那万物唯一的归宿
正在沉落　在无声地沉落

透过公共汽车的车窗
我看见那　一个个衣衫褴褛的人
脚边堆着　粗瓷饭碗
无数只　粗瓷饭碗　张开圆圆的口唇
面无表情的饥饿　敞开自身的容器
在砖石的废墟　木片的废墟
无声地蹲踞

谁是大楼的建造者
谁是大楼的居住者

是谁的家园　绿杨荫蔽
低矮的民居　被夷为平地

那洁白的墙壁　已不能包裹他们
赤裸的身体
已不能荫蔽他们

脆弱的灵魂

是谁在四处游荡
是谁在无家流浪
一双双坦白　绝望的眼睛
透过公共汽车的车窗　摇晃

暴力展演

当催生的风　变成收割的镰刀时
果实的头颅
如被砍首的死囚
累累地堆积在地面

暴力的春天

吟颂性的歌手
大喊“我要杀人”的时候
暴力的春天　便降临　人世了

万花都在　含苞欲放
万兽都在　林莽间奔忙
性如河水　在丰沛的流淌

面色憔悴的歌手
内心一片荒芜
她啜饮着　青春的醇酒
在肉欲的河上　顺水漂流
呵　谁告诉她
哪里是家　哪里是尽头
呵　谁告诉她
她的红唇　哪张面孔可以承受

性如河水　穿行在钢铁的森林
性如河水　漂浮着她无助的身体
那曾经洁白如玉　洁白如玉的裸体
在河水中　一点一点沉溺

堕落的感觉是不是很好
下沉　下沉　沉入水底

你就会像鱼一样呼吸
或者倾听　美人鱼　诱惑的歌声
像水中的光滑柔软的绸缎
把干裂的伤口　滴血的伤口抚平

万花都在　含苞欲放
花朵在开放　花朵在园中静静地开放
花朵在凋落　花朵在风中无声地凋落
是谁　静默的坐在傍晚的石阶
听人和风　在扫落　春天的花朵

是谁神情诡异的　走在水边
看水面摇曳的无数粉荷　与无数
开放在水中的　肉体的花朵

花朵在凝望中　度过此世
花朵在泥土中　期待来生
当把它们吹开的风　又一次临近
当生命的柔情　变成　死亡的暴力
花朵们　化蝶般的　翩然而舞　奔赴大地

吟诵性的歌手
大喊“我要杀人”的时候
暴力的春天　便降临　人世了

我看见那张粗砺　狰狞的脸

斑马花纹的保护色　出现在激情迷乱的时刻
应当沉溺　在所有人都放弃的时刻
我独自沉没　投身于最深的水底
沉溺于自闭的生活
突然看见　那张粗砺的　狰狞的脸
静静的出现在窗外

流　逝

素手执兰花
顾君已彷徨

绵延的青山　早已消失的骑马民族
塞外牧场那无声的诱惑
与它的后人　黑黑的　静静的雕刻般的男子
口中唱着红旗的荣耀　心中想着黄金的闪光

那个疯妇　那个徘徊于黄昏中巴的疯妇
曾开启孩子蒙昧的口　已沦为人们调笑的身躯
她在傻傻的笑着　她在天真的笑着
一层盲目的神秘　一道闪光

九月的菊花

菊花正在开放　金色的菊花正在开放
诗人们白色的梦魂　高举着白玉酒杯
在清冽如酒的月光下　来来往往
古典美人斜倚着秋风　裙裾飘荡
伸出纤长的手指　把一朵菊花插在头上
他们终夜悲哀的徘徊　在雾中的废园
吟哦着　花朵般　芬芳醉人的诗句
狂乱的双足　踏过　月光漂白的石块
却恍然如受惊的鬼魂　纷纷遁入虫蚀的书页
当风中充满　摇滚乐手的暴力与情欲

九月的菊花　在天空升腾
九月的菊花　在大地开放

黑色的菊花　黑色的菊花
红色的菊花　红色的菊花
在开放　在开放　在开放
远隔重洋　释放出远古的狼烟
浓烟滚滚　青云直上
我闻到　利刃削刮鱼鳞的血腥
我听到　天堂的天花板　松动的声响

菊花在开放　九月的菊花在风中开放
菊花在开放　黑红的菊花在都市开放

以近于邪恶的　娇娆　美艳
灼痛了上帝　碧蓝的双眼
和他高贵的选民们　天使般平滑的睡眠
惊愕的注视着　滑过天空的银色飞机
瞬间化身为　受伤的　愤怒火鸟
梦幻般的通天塔　轰然坠倒
还原成　闪烁着蓝光的玻璃碎片
普降人世的光　天堂的光　明亮的日光
依然温暖耀目　如创世之初

蓝色的菊花　黄色的菊花
如隐秘的火焰　在旷野摇曳
但它们是　花　是抑郁的花　而非火焰

一个莫名的声音　在空中响起：
那不是菊花　日光月光的菊花
那是玫瑰　火焰的玫瑰　血液的玫瑰

那是隐秘的玫瑰　沙漠玫瑰
是血色玫瑰　肉体的玫瑰
是灵魂的玫瑰　欢悦的玫瑰
是蜜的玫瑰　奶的玫瑰
纵然十字军　与骑士们的马蹄
踏碎　最初的玫瑰园
傲然携带着它们　走进玫瑰传奇
当火的王　光明的王　降临
它们便如闪电般　开满天空　开遍人世

水玫瑰

玫瑰　在水中摇曳
殷红的玫瑰　在水中摇曳
无根的玫瑰　在水中摇曳

我注视着　创世纪的茫茫大水
和那被大水吞噬的褐色土地
梦中的青草们　从此永世沉沦

玫瑰　在摇曳
殷红的玫瑰　在水中摇曳
无根的玫瑰　在水中摇曳

玫瑰　在开放
断颈的玫瑰　在夜色中开放
宁静的水面　滑过血色头颅
奇异的熏香　绵绵如珠　溢出致命的创口

根在哪里？　根在泥土中
沉默的根须　依然在紧抓着泥土
但刀如飞鸟　飞鸟如刀
在空中飞翔着　快意的白光
残忍地叼走它们　生命的花朵

花朵在水中　水在大街上

无根的花朵　静静飘过
水中是他人的欲望　和自己的死亡

水已吞没了　最后的泥土
水已淹没了　我的脚踝
颓败的木屋　倒在水中
还有屋檐下　盛开的花朵

青蛇——记梦

一条小小的青蛇　静静爬上我的桌子
黑色的台灯下　缠绕着它柔软的身躯
那玲珑的身躯　那柔韧的身躯
冷冷的　透明的
一种绿玉的森然　无声的滑过　我的手指

一条小小的青蛇　滑过我的手指
它妖媚的身躯　冷冷的眼神
扭曲　闪烁　化为永恒
橙红的灯光　如水
橙红的灯光　如酒
橙红的灯光　如血

一条小小的青蛇　进入我的梦境
艳艳的红丝线　绕过它的脖颈
神态恬静　宛如一个含羞的中国新娘
在和风丽日中　飘荡着轻盈如风的裙裾

刺刀的闪亮　哪里来的刺刀的闪亮?
军靴的声响　阵阵如雷的军靴的声响
为什么进入我的梦境　漂洋过海的日本兵
手持刺刀的丛林　不管樱花在故园飘落?

我在哪里?　为何艳红的丝线变成绳索

紧紧的缚着我　如缚着向魔鬼献上的牲物
刺刀如雪　雪如刺刀
覆盖着我的身躯
身下黄河的沙子　金黄　闪亮
犹如夏夜的麦场　散发着麦子的温暖和清香

我宁愿沉入河水　身着一袭白衣
沉入滚滚浊流　纵有残忍好色的河伯
在水中的宫殿　静候着他的新妇
但那是在死后　我的身上　只有圣洁的气息

我看见一条青蛇　一条游动的青蛇
穿过刺刀的树林和草丛　迅捷如风
吐着猩红的信子　亲吻着我的面颊
你是江南的青蛇吗?
是来救我　还是来以毒液送我死去?

青蛇不说话　只是紧紧的缠绕着我
冰冷骇人的眼睛　注视着我
艳如桃花的面孔　默默无语

月光在流淌

月光在流淌

　　月光在屋外流淌

我在流泪

　　我在屋内流泪

灵魂如蝴蝶

　　在纷乱的网上沾滞太久

键盘声嗒嗒嗒嗒

　　彻夜击打着失眠者的神经

神秘的磁力无处不在

　　我在电子屏幕前　看瞎了双眼

白菊早已凋落

　　白玉般的菊花　早已凋落

水仙正在生长

　　翡翠般的绿叶正在生长

还有绿玉般的花苞

　　包裹着明日金色的阳光

我在流泪

所有的玫瑰都已枯萎

我在流泪

　　少女们一夜间失去了天真

　　迟钝的摇摆着　堕入风尘

但红尘滚滚阳光如织

　　蝴蝶们花枝招展　随风轻扬着舞衣

也许因为我是鱼

　　鱼只有沉入水底　默默流泪

月光在流淌

　　月光在屋外流淌

我在流泪

　　我在屋内流泪

电话隐语——非单纯学习（拟口语写作）

殷红的口唇　空对着手机

她挺高、挺白、也挺漂亮
一个妖娆如花的北外女生

他就要短期或长期出国
也就是三十多岁吧

这是非单纯学习
非单纯学习也没什么
人家有钱　很多人应征

这是非单纯学习
非单纯学习也没什么

世界上哪里有单纯的学习
或爱情？

留学！ 留学！

留学！留学！
　　一个声音在大洋对面呼唤着。
留学！留学！
　　一个声音，在诱惑着我，以别样的生活！

留学！留学！
去绿杨荫蔽的大陆，去红墙巍峨的北京！
那里有童稚的长城，老朽的胡同
金鱼在池水中长成鲲鹏

留学！留学！
一个声音在大洋对岸呼唤着。
留学！留学！
一个声音，在向我许诺，别样的生活！

留学！留学！
去中国过一种　慵懒糜烂的生活！
用我们的韩元　日元
去泡中国的美女帅哥！
用我们呆滞的眼神木然的表情
面对木乃伊般的过去的中国！

留学！留学！
去中国过一种　超自由的生活！

衣饰招摇　从都市街头走过！
猩红色　烟灰色　紫黑色
在唇上胡涂乱抹
头发如铁丝　或清水挂面
牵动着青涩　浮浪的中国

留学！留学！
去中国过一种　还乡般的生活！
面孔与语言　如雨水融入深海
驱动本田摩托　我的鲨鱼
从雨后的清华园慢慢驶过！

苏州桥之春

白杨树枝头

呖呖鸟语与隆隆车声

什么能从我身上脱落

飞翔的心脏

谁见过飞翔的心脏，
在黑暗中，
像一匹红色的马
划出沉默的边界。

我来自中国的心脏地带，
广袤无垠而沉默跃动
的亚细亚之心，我
在虚拟的绝域高原生活
缺氧，窒息——如何能从
颤栗柔弱之境解脱如何
　　　我的人民？

什么能从我身上脱落

什么能从我身上脱落
如石像的皮肤崩落于风中
它们抵御了严寒的季节
却在阳光下化为尘埃

石像的皮肤在风中崩落
如秦俑的盔甲裸露于坑中
它们承受了尘沙的掩埋
却在阳光下蜕为尘灰

色彩燃烧于黑暗的泥土
却在空气中颓然消失
心脏在抵御岁月的侵袭
却在冷却中凝为化石

什么能从我身上脱落
如石像的皮肤崩落于风中

我的尊严如一块破布

我的尊严如一块破布
躺倒在你的车轮之下
缓缓的静静的在大地上
展开它薄如纸片的身躯

你的橡胶的车轮邪恶
微笑着如一朵巨大的黑夜之花
无声地在它上面碾过
留下深深的黑色的印痕

我的尊严如一块破布
躺倒在你的车轮之下

谁能伴我，走入疯狂

谁能伴我，走入疯狂
谁能伴我，走入疯狂
月光洒遍大地
孤寂流过我指尖
白银遍地，寒光闪烁

我是一个畸形儿
从一只小鱼的时代起
我就是一个畸形儿
在悲哀的土壤里着床
吮吸着有毒的血液
像冰一样凉
却有着奇异的热度
从生命根部，腐蚀了我自身

我是一个畸形儿
从一粒细胞的时代起
我就是一个畸形儿
在乞儿的梦想里成长
享受着被弃的自由
像天一样广
却有着奇异的束缚
从足尖开始，撕裂着我的行程

我是一个畸形儿

渴望着拥有花的原野

沉醉于天真无邪的香气

却又终于远走高飞

手握着一块冰

手握着一块冰
　握一块冷如骨髓的冰
　　　　　来温暖我

手伸向一条河
　浴一条流动不居的河
　　　　　感受永恒

手触摸一只鼠标
　让一根细细软软的线
　　　　　给我远方

眼睛游移于一面屏幕
　让一块平平的薄薄的晶片
　　　　　给我无限的可能

冰终究是冰
　一块冷入骨髓的冰
　在我手中渐渐化成水
我的血快凝成冰了

倾　诉

无声的倾诉
在看不见的网中
对无名无形的某物发出
倦怠的灵魂
在静止的白色键盘上
敲打着找着突破口

无数扇门开着
诱惑的香气飘进飘出
肉红色的或深紫色的
灵魂的蝴蝶
斑斓的双翅欢欣的振动
进入飞翔的梦境

然而，它静立在原地
在一块坚硬的小方块上
化为干枯的标本

虚　幻

泥土的玻璃杯
谁把你作为水晶宫
虚幻的沉醉其中
是我吗

紧紧贴着平滑
光洁的四壁
以为圆满
我是那只
酒醉的小虫吗

古典衰老

梅花早已落尽
连同那雪的背景
那孤寂的滑过天空的白鹤
那灰色的密云的天空

梅子早已被采摘
青涩的味道放入大量的白糖
一种虚假的甜蜜
洋溢在空气中

林和靖穿着长衫
洗得发白的破旧的青衫
在绿叶中走来走去
找不到孤高的苦涩

你的脸像夜色中的果子

你的脸像夜色中的果子
一枚光洁的饱含汁液的果子
散发着内敛的　难以觉察的光芒
浮现于昏黄的　杲杲的柳荫间

那是青春的果子
健康的肉感触手可及
我脸上的青春闪电般消失

你的脸像夜色中的果子
一枚光洁的　残忍的果子
包裹着亲昵又冷漠的薄膜
进入我梦的空间又闪电般消失

我的手指如白色的花瓣

我的手指如白色的花瓣
从你黑发的土壤长出
颤栗的掠过丝样的茸茸藻海
如雪花轻盈坠落消逝于无限

六月的玫瑰

六月的玫瑰
无根的玫瑰
漂浮在北京　学院路的大森林
远离欧洲　中世纪的传奇

六月的玫瑰
无根的玫瑰
阳光暴晒着　水泥的大地
葛优在灯箱里　如此无味

六月的玫瑰
无根的玫瑰
陌生的男子　以倦怠的心
在站牌下　开始一种优雅的游戏

六月的玫瑰
无根的玫瑰
在燥热不适的夜色中
你无谓的鲜艳欲滴

六月的玫瑰
无根的玫瑰
为何散尽你爱欲的气味
在我桌上迅速的枯萎

你的身躯像金色的火焰

你的身躯像黄金的黏土
在夜色中具有赋形的魔力
却又燃烧成金色的火焰
当面对同样黏土的身躯

白衣的老者走上凉亭
灰帽的少年从对面走来
蓝衣的女人在清晨走过

眼光如水般清冷尖利
开始了清晨对黑夜的
反省　审判　鄙夷

某种清洗过的错位的优雅

某种清洗过的　错位的优雅
在建国门红白相间的
大道上游移不定

塞特带着异邦的优越
接纳着名车仕女的环绕与出入
它瘦瘦的躯体　笔直的立着
偶尔扫一眼　中国的泥土

长富宫披上了民族的色彩
娼妇的联想却不敬的发生
琉璃的屋瓦　方方的造型
闲散的卧在　呼啸的路旁

我在车流中艰难的穿行
徒劳的渡过　这道正午的河
一个金发的健硕妇人在对岸
注视着我　注视着我

一个黑发　黑裙的
中国少女的挣扎与沉溺

微笑　无声的呼喊
无人看见　也　无人听见

在车中张扬沉醉的　苍白光滑的脸
在尘土中草帽下的　黑红起皱的脸

国槐的柔丝　像绿色的金属
脱去冰冷的蚕槐的缠绕
和脚下徘徊已久的幽灵般的人群
喜悦而空虚的立在原地

一种清洗过的错位的优雅
在建国门红白相间的
大道上游移不定

七月的衣裙

七月的衣裙　在房间里穿行
轻盈的质　地重浊的色彩
形式与身体的几何学
坦露　或　遮蔽

七月的衣裙　在房间里穿行
紫色的淫荡　粉色的天真
蛇皮般的交替于
无表情的肉体

七月的衣裙　在房间里穿行
低垂的头颅　饥渴的手臂
无助地　凝视　抱紧
镜面中的自己

冰冷的镜面　闪亮的镜面
隐蔽的火焰　白色的火焰
在无边的虚空中　冻结与烧毁了
少女们　暧昧的　华年

七月的衣裙　在房间里穿行
暗蓝色的暮气从窗外涌入
衣裙在冉冉上升　飘摇
宛如赤裸的灵魂　缓缓飘向

平滑无痕的玻璃窗
无望的凝视着　有绿林与荒草的
被蚕食　废弃的　粗砺的大地

七月的衣裙在房间里穿行

公共汽车

公共汽车　穿着紫裙子
摇摇摆摆　走进夜总会
喧嚣的声浪　烟色的雾气
淫秽色情中　混合着坦荡天真

公共汽车　穿着蓝裙子
无声无息地　走上空荡荡的街
如一条浮出海面的子夜的鱼
诡异幻美中　闪烁着冰冷的杀机

公共汽车　穿上粉裙子
斜挎一条变调的棕色电吉它
松松垮垮　走进酒吧间
嘶哑的嗓音　点燃了想象的烟尘

公共汽车　公共汽车
穿过城市血脉之网的公共汽车
无数人登上又离去
你的容颜　蒙上了无边的灰尘

她是一只轻盈斑斓的蝴蝶吗？
却又有着　坚硬　厚实　沉重　僵直的躯体

她是一只　疯狂的母狗

她是一只　疯狂的母狗
红红的眼睛　哀伤的眼神
蹲踞在尘土飞扬的大街上
游荡　惊慌的对着车的流水

她是一只　疯狂的母狗
有时在小小的　蜗居中狂吠
露出锋利的牙　尖利的爪
愤怒中撕碎吞吃　同伴或自身

她是一只　淫荡的母狗
用文字或网络　散发出　色情的信息
或在小径上留下隐秘的痕迹
诱惑无数的同类　交欢　谋杀　或分离

也许我错了　她不是一只母狗
而是一个绝世佳人　吹气如兰
平静的饮下　某种神秘的液体
在无数个世纪中　沉沉入睡

一只多毛的手　带给她
刻骨铭心的　永久拥吻

一个声音　在冥冥的静寂之中响起：

是的，我已对她作了魔法
用一根细细的针，一下一下
轻轻轻轻地扎透一张
裹糖的纸，写上“混蛋，死去吧！”
然后，用一只银质的打火机
将其点燃烧为灰烬
撒入东流的滔滔春江水
她会颓然死去　然后复生

于是　我看见　她面色苍白如死灰
呆立着　不知是否接受神谕　放弃此生
在死亡中重新蜕变为一个绝世佳人?

桃　子

桃之夭夭　灼灼其华

一阵狂风般的马蹄　踏着飞溅的黄沙
细沙聚成的黄土上
开放着最初的桃花

那个桃花般的女人　是谁的新娘
懒懒地走在　平坦的黄土小道上
骑一匹青春的白马

桃子　饱含汁液的桃子
桃子　完满如月的桃子
你茸茸　停在我的平滑玻璃窗前
憩息在　白色的孕妇之腹
　的酸奶瓶上
回想着自己　最后一缕青涩
如一个童稚的　少女的脸

万帆竞渡的桃叶渡
那个名叫桃叶的女子
是否依旧在石头城的笙歌里跳舞？
后记：
最初写于六月，铺张而绮艳，被毁。重写，以慰吾心。

青春的火焰

汽车会飞

汽车会飞，
　如白鸟穿过绿林；
汽车会飞，
　当手感知方向的一瞬。

青草的火焰

白日的手掌轻触着
如发的、浓密的、冻玉般的
青草，如车轮般滚落
青草的火焰
燃遍小丘
与蓝天一起
跌入静默的池塘

垂　钓

柔长的钓竿
一端如此持久、静默、热烈地
吻着水面

鱼在水下轻咬着诱饵，
吞下又吐出，反复嬉戏
尖锐的疼痛忽然透彻心扉
铁丝的寒光划破天空，
垂钓者微微露出笑容

观看者走过去提起鱼笼
细数一、二、三，伶仃的小鱼
可作晚餐一碗鱼汤。

晚　祷

在市声、车鸣与工地的尘埃中
晚祷者的灵魂
洁白的随风飘荡

在巨人身边行走

在巨人身边行走
我紧绷如一根琴弦
他的魔手
奏出含混轻柔的琴音
在夜之黑暗中远去

轻摇
轻荡
我躺在无名的水上
火山在水下微微发抖了。

我是一个小小的，小小的
豌豆花姑娘
挂在我的巨人身上。

“非典”时期的爱情

从哪里来的风
吹落了五月的花
丁香花　木槿花　紫荆花
千朵花　万朵花　漫天飘洒

生命如花
女人如花
情欲如花
古典主义者唯美的镜片
蒙着厚厚的粉色朝霞

注视着
我惊恐的眼睛
黄种人　白种人　黑种人
飘逸的发　充血的唇　和魅惑的笑容
乳房　大腿　和阴户
阴茎　针管　螺丝刀
性感展示的骄傲
窥视者的快感
混合着被摄像镜头　切割的破碎肢体
潮水般地漫过　莫名的网络空间
色情网站浏览症患者的眼睛
屏幕前木然呆滞的光点

我　和我的爱人

是亲密甜美的双眼

但那第三只眼睛

射向我们

发出一丝冷然的光辉

沧

海

草和石的对话

万千青草柔细的叶片，
凝聚成一汪金碧的湖水，
宛如丝丝缕缕的情思
不肯随风而逝

天青色的太湖石
是女娲补天的遗孑么
坚硬沉稳，静默无言
光影变幻中
披一袭淡灰的深衣
愈加淡定渺远

旁观者的小树
稚拙的立在草上石后

观　海

曹孟德说：
东临碣石，以观沧海

沧海在前，世界宛如一粒尘埃。
离开海水的斑驳的木船
如归隐的绅士，收敛了
波德莱尔的海港中
异香浓烈的欲望之帆

碧蓝的沧海　近在眼前，
银色浪涛翻滚而来
千万匹神骏的白马激荡着
黑色礁石沉稳坚毅的足尖

沧海横流
曾经沧海

点点远帆
在横渡沧海
自由地游弋于
海天交融的天际线

绵软而淡金色的沙滩
诱素足涉于其间

任细沙从指缝流出
或拾起一枚贝壳
玩味锋棱
磨砺后的莹洁与精致

可以穿珠的慧心
是拾贝般的稚气
面对永恒不息的沧海

圣　诞

圣处女马利亚
昨夜诞下
一婴孩

纷飞的雪花
伴随着阵阵
驼鹿的铃声
在冰结的原野
上飞速滑行

上帝的子民们
跂足翘望
这纯洁
稚嫩的男婴

以神之子的命运
与人之子的肉身
担荷起人类的罪恶

圣母马利亚
受神眷顾的面容
苍白而恬静
晨曦中沉默地
抚弄着赤裸的圣婴

纵然承受了上帝
非肉身的超然之爱
如何从爱欲中自拔
平凡女子马利亚？

小记：

晨光游荡在窗外，天空低抑，世界俨如已到一个极期。圣婴和圣母马利亚只是我们的想象，要救我们的只能是我们自己。

诞　生

古曰：女娲抟土造人

抟泥土造人，
你赋予我生命，
在鞭打与揉捏中，
有自我的诞生。

痛楚或欣快，
两者的浑融
指尖的抚触间
泥土化为血肉

还有气息流转
的温热与鲜柔
从你的口唇
缓缓注入

于是，遂有了
数千年的人类
　来自于泥土，
　复归于泥土。

小记：

基督教话语中，是上帝造人，中国的传说中，乃女娲造人。《说文解字》云："娲，古之神圣女，化万物者也。"《太平御览》卷七八引《风俗通》曰："俗说天地开辟，未有人民，女娲抟黄土作人，剧务力不暇供，乃引绳于泥中，举以为人。"

融　解

如一粒盐
融入大海
我在你的
怀抱中消溶

小小的身躯
渐失去硬度
蓝光已穿透
白色的肌肤

大海洄旋
澄明如天空
盐粒已悄然
化为虚无

与海水深深交融
化为沧海之一粟
　　欣悦地加入
　　永恒的翔舞

小记：

将是月圆之夜，看头上澄蓝的夜空，交错着剪影般的赤裸的树干，觉得一切都很渺远，时间似乎静止于某处，这一瞬是脱落在时间之外的时间。

形与影

我歌月徘徊，
我舞影凌乱。

宛如洞开的窗
让四面的风
无阻的吹过

宛如被箭矢
追逐的飞鸟
生死一线间

或迎上前去
让强光消融
于内在的黑暗

后 记

这本诗集，从动笔写作到最终面世，经过了十三年。

除“沧海”辑外，所有的诗行，均诞生于上世纪末、本世纪初的那几年。它的名字很难确定，我开始曾经在《受伤的鱼》《暴力展演》《涅槃》等几个名字之间徘徊不定过，其中《受伤的鱼》这个名字是我比较钟爱的，《暴力展演》能刻画出诗中的某种决绝情绪，也曾一度喜欢过。但是，现在我决定用《玻璃钻石》为其命名，那种在真假之间游弋的冷然的光辉，脆弱易碎而又坚不可摧的形象，一瞬间全然获得了我的欢心，就是它了罢。

在它名为《受伤的鱼》的时候，我与挚友诗人和画家范学宜，曾想将其与她的诗集《听风是雨》合在一起，组成集子《和声》出版。经过几个月的商讨，两个人一次又一次往返于苏州桥和农展馆之间的喧嚣声中，编成了一本奇特的二人合集，但因种种原因，而最终未能问世。但是当时为其所写的《序言》（2004 年 7 月 9 日）中，有一段话可以抄在这里：

> 严格的说，《受伤的鱼》的作者和《听风是雨》的作者都不是诗人，不是那种“学院派”意义上的诗人。前者虽说曾经求学于中国最有声望的两所大学——北大和清华之间，但是与那些终日在象牙塔中风花雪月的校园诗人们没有任何交往，她孤独地游离于那些诗人群体们之外，悄然无声地写下一些交响乐般的或方阵般的文字在纸上，因此没有值得夸耀的诗歌技巧，而是较多的呈现出生命处于某一绝境的绝望与悲伤，以及绝望和悲伤之中的一份坚执。这样，她的诗作具有一种身陷于情绪

的飓风眼里的不安，以及诸多不安之中的某种恒定感。

《听风是雨》的作者更是不符合学院派诗人的传统形象，不过她身上似乎具有一种西方中世纪的游吟诗人的浪漫、自由、自在而不羁的精神意味。她从中苏边境的乡野小镇上一路漫游，暂时停泊在北京，在这个繁华与荒凉、自由与桎梏并存的北方大都市中游走，穿行。因此，她的诗具有塞外旷野的风云，也有都市人潮的世相，不过贯穿性的还是她那奇异的、在繁华中看见虚空、在苦难里看见至美的超人的洞察力。她的诗作不像诗艺戒律之下千锤百炼的钢铁，而是像水晶和泉水，澄澈而透明的童心，留下了纷繁世相与静美自然的淡淡面影。文字上，则兼具山野天惠的天然清新与唐诗宋词的蕴藉妩媚。在诗歌领域，她已独自摸索了很久，颇受人喜爱的诗集《童年河》出版已有两年了。另外，她的诗有很多已有人谱曲传唱，倒有几分原始人“诗歌同源”的气象了。

《受伤的鱼》和《听风是雨》各自呈现出截然不同的世界，各自具有不可混淆的声音，各自闪现着各不相同的色泽；不过，它们却并非隔绝的，而是宛如大提琴和洞箫，在寂静无人的寒夜中同时响起，远远的，相互呼应，是为《和声》。

从未想过成为诗人，也未想过这些繁复芜杂的文字居然真的能够面世。因为它既不超然也不唯美，既非纯文学也无宣传性，与人们惯常的关于诗的观念相距太远了。不过，纵然如此，也不妨让其具有白纸黑字的存在形式。天下之书何其之多，正如天下之人，所谓诗集也一样，或许在这个世界上也有喜欢它，需要它的人。看，它对我柔声低语了：

我的心雀跃着，
宛如一只振翅
欲飞的小鸟，
面对无限深广的天空。

惊 鸿 于 北 京
2013 年 10 月 31 日